LA BELLE ET LA CLOCHARDE

Loi n° 49.956 du 16 juillet 1949 sur les publications
destinées à la jeunesse : janvier 2023
Dépôt légal : janvier 2023
Imprimé en France par l'imprimerie Clerc
à Saint-Amand-Montrond

ISBN 978-2-211-31658-3

Yann Coridian

LA BELLE ET LA CLOCHARDE

Illustré par Polly Brotherwood

neuf
l'école des loisirs
11, rue de Sèvres, Paris 6e

YC
YC

– Vas-y doucement sur le pop-corn, quand même.

– T'inquiète, je gère, mamoune.

– Mais comment tu me parles, toi… et puis « mamoune », au secours.

– Maman… ? La dame, là… derrière nous.

– Quoi ? Qui ?

– Là… Elle me fait peur.

Ce jour-là, tout avait pourtant bien commencé. J'avais bien travaillé à l'école et Flavie, la teigne de la classe, avait glissé dans la cour sur des feuilles mortes et s'était étalée par terre de belle manière. Elle avait même saigné un peu de la bouche, mais rien de grave. Je ne suis pas méchante, mais là, franchement, ça nous a tous fait plaisir. Faut dire que ce matin elle a assommé Ernesto avec sa chaussure en lui tapant sur la tête.

Ma mère est venue me chercher avec ma trottinette et nous avons acheté un paquet de pop-corn avant de nous installer au square en bas de chez nous.

Nous sommes assises sur un banc, face à l'aire de jeux des plus petits. Il fait presque bon au soleil.

Bref, une journée parfaite, jusqu'à ce que je remarque cette toute petite femme, sans âge, mais pas toute jeune, avec un chapeau à large bord, qui s'est postée juste derrière nous pour nous observer pendant que je mange mon quatre-heures. Au début, j'ai cru qu'elle surveillait un petit qui profite des toboggans, mais non.

Elle nous scrute littéralement, ma mère et moi, le regard fixe et les bras ballants. Elle porte une veste de costume d'homme trop grande pour elle et un pantalon en velours, trop large lui aussi. Les deux sont de couleur sombre mais elle semble les avoir sur elle depuis toujours… Peut-être quand elle les a achetés ils étaient blancs. Ses cheveux longs et sales dépassent de son chapeau. Elle a l'air épuisée.

Aux pieds, elle porte de très vieilles baskets totalement élimées. L'une d'elles est trouée : on aperçoit même son gros orteil.

Elle me terrifie. Elle me glace le sang. La femme ne nous quitte pas des yeux.

Ma mère se retourne et lui sourit, puis la salue d'un gentil petit hochement de tête. La dame essaie de sourire, sans réussir. Sans doute à cause de ses dents. Mais elle hoche la tête gentiment, elle aussi, puis elle regarde vers le ciel un long moment. Nous en profitons pour nous lever et nous diriger vers la sortie du square. Je serre fort la main de ma mère et j'impose le rythme en marchant d'un bon pas.

Je ne peux m'empêcher de me retourner, je croise le regard de la femme, elle me sourit et, soudain, s'écroule par terre !

Ma mère n'a rien vu, je ne dis rien, je jette un dernier coup d'œil, des gens se sont accroupis auprès d'elle. J'ai envie de continuer à regarder, d'y retourner même. Mais mes jambes me portent vers chez moi. Je cours presque maintenant. Ça fait rire ma mère qui ne se rend pas compte de la situation et qui se met à courir, elle aussi. Au loin, j'entends une sirène de camion de pompier. Je suis sûre que c'est pour la clocharde. Mais trop tard. Elle est morte.

1
La trouille

Je suis seule à table. Mon père fait pipi. J'entends tout et ça me dégoûte.

– Papa ! La porte ! C'est pas compliqué quand même ! Et si tu pouvais vérifier qu'il n'y ait pas de goutte… parce que nous, les femmes, maman et moi quoi, je te signale qu'on s'assoit !

Il tire la chasse.

– Quand tu étais petite, tu faisais pipi debout…

– N'importe quoi…

Ma mère arrive dans la cuisine, elle est déjà en pyjama. Le noir en soie, trop beau… trop belle, ma mère. Dès que je fais sa taille, je le lui pique.

– C'est vrai, poulette, tu faisais pipi comme un garçon et tu en mettais partout partout partout…

On est tous à table maintenant, ça m'a un peu coupé l'appétit, ces histoires d'urine.

Ce soir, mon père a cuisiné un paleron braisé. Je déteste… enfin, j'aime bien parce que c'est du bœuf, mais la sauce me dégoûte, on dirait du vomi.

Je repense à la femme du square.

– C'est quoi, une clocharde, papa ?

Mon père pose sa fourchette et défait son tablier, qu'il garde toujours autour du cou, il regarde ma mère, un peu comme pour qu'elle vérifie qu'il ne va pas raconter n'importe quoi.

– Une clocharde, ben… c'est une dame donc… mais il y a aussi des hommes, tu sais, des clochards… bon enfin, là, c'est une dame à qui la vie n'a sans doute pas fait de cadeaux…

– C'est-à-dire ? À moi non plus, la vie ne m'a jamais fait de cadeaux. Tu dis « la vie » pour ne pas dire « le père Noël » ?

– Oui, enfin, elle a dû traverser des épreuves très très difficiles pour en arriver à vivre comme ça, dehors, sans maison ni argent.

– Des épreuves un peu comme dans Koh Lanta ?

– Non, des épreuves comme… Je ne sais pas, moi… Perdre ses parents prématurément et être orpheline, peut-être avoir vécu dans un foyer…

– C'est quoi, un foyer ?

– Un orphelinat.

– Ah ! OK. Quoi d'autre ?

– Perdre son travail, manquer d'argent, être en mauvaise santé, vivre seule…

– Vivre ? C'est une « épreuve » ?

Mes parents se regardent, clairement ils ne savent pas quoi dire… alors je les aide en remarquant :

– En tout cas, ça a l'air triste.

– Oui.

– Mais n'empêche, elle m'a carrément fichu la trouille.

Ma mère ajoute :

– Oui, elle fait peur, j'avoue.

Je n'ose pas dire qu'elle s'est écroulée au square… morte.

Je ne veux pas. Je ne peux pas. Mais je n'arrête pas d'y penser.

2
Prescription

– Jeanne ?

– …

– Tour de contrôle à Jeanne. Vous me recevez ?

Aube me file un coup de coude qui me fait sortir de mes pensées : je lève la tête et ma maîtresse Brigitte est juste à côté de moi, à genoux, son visage est très proche du mien. Elle me sourit, je sens sa bonne odeur. Autour de moi, personne ne parle, la classe entière est studieuse et silencieuse.

– Pardon, Brigitte, je…

– Je ne sais pas ce que tu as aujourd'hui, toi, mais tu mijotes quelque chose.

Je ne mijote rien, je repense à la clocharde en train de s'écrouler ; heureusement que j'ai dormi sans y rêver. J'ai vraiment cru que… Je ne fais que penser à ça. Bien sûr, des morts, j'en ai déjà vu à la télé, mais en vrai, jamais. Je me demande qui sera le premier mort de ma famille que je verrai.

Je tente de rassurer Brigitte avec un petit sourire mais je ne suis pas sûre du tout que ça marche. Elle se lève en me passant la main dans les cheveux.

J'essaie de me concentrer sur ce que je dois faire avant que ça sonne. Mais je ne fais que penser à cette femme, à son visage triste, à ses rides, à ses vêtements déchirés, à son orteil qui dépasse de sa chaussure trouée, à ce qu'elle devait ressentir la nuit, toute seule sans personne.

Je pense à sa vie quand elle était vivante. Si ça se trouve, petite, elle ne travaillait pas bien à l'école. Je me sens coupable un instant en pensant à ma vie « facile ». Moi, j'ai de la chance, j'ai mes parents et un appartement, je mange de bonnes choses à la maison, j'ai de l'eau chaude, des W.-C., des amis, je vais à l'école…

Mais j'ai aussi mes problèmes : Fabio dans ma classe n'est vraiment pas sympa en ce moment parce qu'il va avoir une petite sœur, mon père est soupe au lait, ma mère pas bavarde, et j'ai du mal avec le *mi* sur mon violon.

Ma vie aussi est une épreuve : il faut que j'assure en classe, que je sois une gentille petite fille, que je ne dise pas trop de gros mots, que je mange mes légumes, que je sois plus ceci et moins cela…

Mais moi, je ne fiche pas la trouille aux enfants. Ni à personne, d'ailleurs.

Je me demande comment elle faisait pour faire pipi… ? Dans la rue ?

La cloche sonne, Brigitte, qui passe à côté de moi, me dit en posant sa main sur mon épaule :

– Toi, tu restes encore cinq minutes, je dois te parler.

Ça me fait sortir de mes pensées.

Pendant que mes camarades sortent les uns après les autres dans un joyeux brouhaha, je reste plantée là, la peur au ventre. Qu'est-ce que j'ai bien pu faire pour devoir rester en tête à tête avec ma maîtresse ? Je réfléchis, mais je ne trouve pas.

J'attends que la classe se vide en regardant par la fenêtre. J'aperçois déjà quelques enfants traverser la cour.

Brigitte vient s'asseoir près de moi sur la chaise d'Aube ; elle semble immense sur cette mini-chaise. Moi, je reste debout.

– Qu'est-ce que tu as aujourd'hui, je ne te reconnais pas... ?

– Je ne sais pas...

– Tu as mangé quoi à la cantine ce midi ?

– Du pain.

– Avec ?

– Avec rien. Du pain, c'est tout.

Brigitte farfouille dans la poche de sa robe et en sort quelque chose qu'elle me tend. C'est un chocolat enveloppé dans un papier sur lequel est imprimée une photo du Colisée de Rome ; je le reconnais, j'y suis allée avec mes parents.

Je défais précautionneusement l'emballage et dévore le chocolat.

– Merci, en plus j'adore l'Italie !

– Moi aussi, viva Italia !

Brigitte a dit ça en plissant les yeux de bonheur. Elle est marrante. Mais, soudain, je l'imagine morte comme la clocharde et des larmes coulent sur mes joues. Elle me prend dans ses bras. Elle sent « Brigitte ».

– Mais qu'est-ce qui se passe ? Ça va, à la maison… ?

– Oui.

– Avec tes parents, il n'y a pas eu de problème ?

– Non.

– Avec Aube, ça roule ?

– Ça roule.

– Qui vient te chercher ? Ton père ?

– Non, ma mère.

– Donne-moi ton cahier, je vais mettre un mot.

Je sors mon cahier de liaison et Brigitte sort son stylo-plume de son soutien-gorge. Elle le range là ; je sais, c'est étrange, mais personne n'a jamais osé lui demander le pourquoi du comment. Je sèche mes larmes pendant qu'elle écrit :

Jeanne a l'air d'être étrangement fatiguée, je pense que ce n'est pas grave, mais elle n'a rien pu faire aujourd'hui, ce qui n'est pas grave non plus, mais, vu que demain nous sommes mercredi, peut-être pourriez-vous la garder au chaud ? Louper une matinée d'école de temps en temps ce n'est pas catastrophique.

Et elle signe : Docteur Brigitte.

– La signature, c'est pour faire rire ton père… Vas-y, file, après-demain tu viens me voir pendant la cantine, on discutera toutes les deux, entre femmes !

Je ramasse mes affaires et je sors, je descends l'escalier, je traverse le préau et la cour vides. Je suis la dernière. J'aime beaucoup quand l'école est déserte, ça m'apaise. Mme Nicolas, la gardienne, m'ouvre la porte depuis sa loge grâce à un interrupteur qu'elle a installé près de son fauteuil pour ne pas avoir à se lever sans cesse. On se fait un petit signe et je sors. Il n'y a plus que ma mère devant l'école, et personne d'autre.

– Ben, qu'est-ce que tu faisais ? Je m'inquiétais... et elle est où, ta parka ?

Et mince, j'ai oublié de la prendre ! J'ai vraiment froid sans elle. On sonne à la porte de l'école qui est maintenant fermée, mais Mme Nicolas n'ouvre pas. Elle a dû s'endormir devant la télé ou aller aux toilettes.

– Pas grave, maman...

Et c'est à ce moment-là que je vois une silhouette poussant un caddie : je la reconnais, c'est elle ! Elle est vivante !

Ça me soulage et en même temps non... Je serre la main de ma mère et je dis fermement :

– On rentre.

Je reconnais son chapeau en feutre à large bord posé sur son barda dans le chariot.

Ma mère, qui n'a pas encore vu la clocharde, ne comprend pas mon empressement et continue de sonner à la porte. Elle tambourine aussi avec son poing gauche quand la porte s'ouvre sur Brigitte en doudoune et essoufflée, tenant ma parka à bout de bras.

– Ouf, vous êtes là ! Bonjour, madame, je vous ai mis un mot concernant votre fille, mais rassurez-vous, RDG !

– RDG... ?

– Pardon : « rien de grave ».

– Ouf, comme vous dites.

La clocharde est maintenant à notre hauteur, bien vivante ! Et Brigitte et ma mère lui sourient, ce qui fait qu'elle s'arrête à notre hauteur. Je me suis cramponnée aux jambes de Brigitte, croyant que c'étaient celles de ma mère, mais, tétanisée, je n'en change pas pour autant. Je regarde le visage de la femme par en dessous.

Et puis j'arrête, je ferme les yeux. J'entends la dame qui dit d'une voix grave et fatiguée :

– Vous n'auriez pas, mesdames, quelque chose pour manger, ou une petite pièce ?

En sortant un truc de son sac avec un bruit que j'identifie comme du papier aluminium, Brigitte lui dit :

– Il me reste mon quatre-heures ; je n'y ai pas touché, il est frais de ce matin, c'est un sandwich à l'andouille, vous aimez l'andouille, j'espère ?

La dame répond juste :

– Un grand merci à vous, mesdames, et à toi aussi, jeune fille.

Elle a dit ça en posant sa main sur mes cheveux !

Je garde les yeux fermés en pensant que je vais devoir me les laver ce soir. Et puis elle disparaît en faisant grincer les roues de son caddie. Ma mère salue Brigitte, moi, je lâche ses jambes et nous rentrons après que je me suis emmitouflée dans ma parka.

3
L'histoire du soir

Je suis déjà en pyjama, couchée dans mon lit. L'appartement est calme. J'entends ma mère qui chantonne et mon père qui termine de faire la vaisselle. Je suis contente de ne pas aller à l'école demain. Je vais en profiter pour ne rien faire – enfin si, lire au chaud dans mon lit et bricoler dans la cuisine.

Je bâille. Je me demande si la dame a aimé le sandwich de Brigitte. Moi, l'andouille, ça me dégoûte, comme l'andouillette et tous ces trucs faits de boyaux de cochon.

Elle doit avoir froid, la nuit.

La porte s'ouvre, c'est ma mère.

– Je viens te dire bonne nuit maintenant,

avant papa, parce que je sais que, quand c'est ton père qui te couche, c'est interminable et je risque de m'endormir avant vous. Essaie de dire à ton père ce qu'il s'est passé à l'école aujourd'hui…

– OK, mamounette, OK.

Elle m'embrasse tendrement. C'est l'avantage avec ma mère : elle est vraiment douce avec moi et elle ne pique pas, elle. En sortant, elle croise mon père sur le seuil de ma porte. Mon père l'attrape amoureusement et l'enlace. Il l'embrasse, et ma mère lui rend son baiser sur la bouche.

– Euh, merci, mais j'existe, et vous me dégoûtez avec vos « mamours » sur la bouche, beurk…

Ma mère disparaît. Puis mon père se jette sur mon lit comme un ado.

– Et si plutôt que de lire, on discutait ?

Et ça, discuter le soir, moi, j'adore.

4
Questions sans réponses

On éteint la lumière, mon père est allongé à côté de moi. Les rideaux sont ouverts et ce sont les lumières de la ville qui nous servent de veilleuse.

– Tu penses qu'elle a toujours ses parents ?

– Je ne sais pas. J'imagine que non.

– Pourquoi ?

– Je ne sais pas.

– Et tu lui donnes quel âge ?

– Elle est sans âge… je veux dire, elle a l'air très vieille, mais si ça se trouve elle ne l'est pas tant que ça…

– Tu veux dire qu'elle pourrait avoir l'âge de maman ?

– Peut-être. Tu sais, vivre dehors comme elle, ça use. Ça use le corps et l'esprit.

Il a raison, mon père, ça doit user, un peu comme l'eau du bain sur une savonnette oubliée dans la baignoire. À la fin il ne reste plus rien.

– Et vivre dedans ? Ça use aussi… ?

– Moins vite que dehors.

– Tu crois qu'elle dort, là ?

– Je ne sais pas, poulette. Je ne sais pas.

Mon père regarde l'écran de son téléphone portable pour voir l'heure, vu qu'il n'a pas de montre.

– 21 h 15, il est tard…

– Mais, papa, demain, je peux dormir, je ne vais pas à l'école.

– OK OK, encore cinq minutes alors.

– Moi, elle me fait vraiment peur, mais je sais que ce n'est pas sa faute…

– …

– Et puis j'ai peur qu'elle vienne ici…

– Mais elle ne sait pas où nous habitons.

– Elle aurait pu nous suivre et…

– Et… ?

– Attendre qu'on dorme tous et entrer par attraction…

– Effraction.

– Oui, enfin, comme une voleuse, quoi.

– C'est ton imagination qui parle, ma chérie, je ferme le rideau et tu dors. Ou je laisse allumé dans les W.-C. ?

Mon père se lève, ferme les rideaux et sort de ma chambre après m'avoir embrassée. Et lui, il pique sacrément.

– Tu piques, papa, rase-toi.

– À demain.

– Papa… ?

– Oui, ma chérie ?

– J'ai peur de devenir comme elle.

5
Élémentaire, mon cher Watson

Il est déjà 10 heures quand je me réveille. Je me lève et je vais à la fenêtre. J'ouvre mes rideaux, et la première personne que je vois sur la place en bas de chez moi, c'est la clocharde ! Je referme sans raison et rouvre pour voir si elle a disparu. Mais non, elle est là, à faire les cent pas en lisant un journal gratuit. Il pleut mais ça ne semble pas la déranger, seul son journal s'affaisse progressivement, alourdi par l'humidité. Autour de la place, les voitures roulent dans des flaques, ça l'éclabousse mais personne ne semble ni la voir ni faire attention à elle.

Depuis mon lit, je crie :

– Maman !?

C'est mon père qui me répond :

– Elle n'est pas là, ta mère ! Et ne hurle pas !

– Elle est où, maman ?

– À son cours de barre au sol.

– OK. Elle rentre déjeuner ?

– Oui… enfin, je crois. Si tu veux, tu peux regarder un film ce matin.

– Même une trilogie ?

– Euh, non, faut pas pousser.

Je traîne dans ma chambre cinq minutes et je re-regarde par la fenêtre, mais la clocharde a disparu. Je vais prendre mon petit-déjeuner.

Après, je mets un DVD dans le salon : *Le pays des sourds*. C'est un documentaire sur des enfants sourds… J'aime beaucoup un des enfants du film, il est trop mignon, il a une bonne tête… Je pourrais tomber amoureuse de lui.

Je l'ai déjà vu trois fois, et comme c'est aussi un des films préférés de mon père il me laisse le regarder.

Je m'allonge sur le canapé et m'enroule

dans une grande couverture en mohair. Merci, Brigitte, pour ton ordonnance !

À la fin du film, pile au moment du générique, on sonne à la porte. Je me lève d'un bond et je vais ouvrir. C'est ma mère, flanquée d'Aube et de sa mère, Marie.

– Tadam !

– …

– Je les ai croisées en sortant de la danse et je me suis permis, j'espère que j'ai bien fait, ma chérie, de les inviter à déjeuner…

– Maman, je t'adore !!

Elles entrent et Aube et moi filons directement dans ma chambre.

Aube porte une loupe fixée à un collier autour du cou.

– Elle t'a dit quoi, Brigitte, hier ? Y a aiguille sous roche !

– « Anguille », pas « aiguille », Aube ; révise tes classiques. Rien, elle m'a juste fait une ordonnance pour ne pas aller à l'école ce matin…

– La chance !

Aube dit ça en rigolant, puis elle prend sa loupe, l'approche de son œil qui devient énorme derrière le verre convexe et approche son visage du mien :

– Bonjour, Watson, quelle belle journée, n'est-ce pas ?

On rigole comme des baleines. Puis on se met à jouer avec ma dînette de quand j'étais petite. On va manger des sandwichs en feutrine et des cuisses de poulet en bois. La porte de ma chambre est restée ouverte et j'entends mon père qui crie :

– À table !

Je chuchote à Aube :

– Tu l'as déjà vue, toi, « la saoule » ?

– La saoule ?

– Oui, la clocharde, là, qui vient d'arriver dans le quartier.

– Non, connais pas, jamais vu. Pourquoi « la saoule » ?

– Ben, parce qu'elle doit boire de l'alcool ; enfin, de toute façon, elle fait hyper flipper.

– J'imagine.

– Ça te dirait qu'on enquête sur elle ?

Là, Aube se tourne vers moi, elle prend son air le plus sérieux du monde en me regardant droit dans les yeux et elle me dit :

– À fond, mon cher Watson.

6

Mais par où commencer?

On déjeune en vitesse, Aube et moi, et on retourne dans ma chambre. On doit faire un planning pour notre enquête et une liste de questions auxquelles on devrait répondre.

– C'est bête qu'on ne puisse pas donner notre enquête au journal de l'école, quand on l'aura terminée.

Aube acquiesce en haussant les épaules.

– Oui, trop bête. Mais pourquoi… ?

– Parce qu'il n'y a pas de journal de l'école dans notre école.

– Qu'est-ce que tu voudrais découvrir en fait ? Parce qu'une enquête ça sert à ça, non ?

– Oui, à élucider un mystère.

– Et là, c'est quoi, le mystère ?

– Qui elle est et pourquoi elle est comme ça.

– Ah. Mais elle fait peur, non ?

– Oui, archi peur. C'est pour ça qu'à deux c'est mieux.

On joue un peu avec mes vieux Sylvanian de quand j'étais petite. Je les ai gardés parce qu'ils sont trop mignons et que, parfois, j'aime jouer avec mes jouets de bébé.

Je n'arrête pas de penser que j'ai eu une très mauvaise idée avec cette histoire d'enquête. Ça n'a pas de sens : je suis terrorisée par une clocharde et je démarre une enquête ?!

Je suis folle ; et puis on est deux enfants détectives, mais surtout deux enfants, et cette femme vit dans la rue, et nous on ne peut pas sortir seules.

Je me rends compte que, pendant que je pense à ça, j'ai déshabillé tous mes petits personnages animaux qui sont maintenant tout nus.

Aube chantonne en regardant partout dans ma chambre avec sa loupe. On entend les adultes rigoler.

Soudain, j'ai une idée ! « La voilà, la solution ! » je me dis dans ma tête. Eurêka ! comme dirait… Comme dirait qui déjà ?

Je m'aperçois que je ne sais pas, alors j'attrape Aube par la manche en la tirant d'un coup sec. Ça la projette en arrière, elle fait une roulade et se remet je ne sais pas comment sur ses deux pieds, la loupe toujours devant son œil. Elle rigole et me dit :

– Ben, toi, tu n'y vas pas de main morte !

– Viens, faut qu'on parle à mon père !

7

Mais où diable sont-elles ?

Mon père est à quatre pattes sous la table de la cuisine entre les pieds de ma mère, les pieds de la mère d'Aube et les pieds de la table. Il a une éponge dans la main droite et il nettoie le sol en disant :

– Excusez-moi de vous déranger, pardon, mais non, ne bougez pas, surtout pas, mesdames…

Moi, je vois bien qu'il est agacé, il gonfle ses narines comme un hippopotame avant une plongée.

– Papa ? Faut que je te parle. En privé !

Il se redresse d'un coup et sa tête cogne

le dessous de la table avec force, tellement que la table se soulève d'un coup et que les tasses à café, heureusement vides, valdinguent comme dans un dessin animé de Tex Avery quand le loup tape du poing sur la table parce qu'il tombe amoureux d'une très jolie fille.

– Eh merde !

Ma mère et la mère d'Aube ont un fou rire, ce qui énerve doublement mon père qui se retrouve avec deux narines archi dilatées. Il est fou de rage et se redresse, sort de la cuisine avec son éponge toujours dans la main en nous bousculant, Aube et moi, qui sommes dans l'entrebâillement de la porte.

Je regarde ma mère, mi-amusée, mi-inquiète.

– Il va péter un câble, papa…

– Il n'osera jamais devant Marie…

On entend la porte de la salle de bains qui claque et un hurlement de mon père. Puis la porte s'ouvre et il déboule à nouveau dans la cuisine. Ses narines ont retrouvé leur diamètre normal.

On est toutes dans nos petits souliers quand il s'assoit en disant, pour changer de sujet :

– Pourquoi on ne ferait pas des crêpes pour le dessert ?

Ma mère ne répond rien mais se contente de planter son regard dans celui de mon père. Il enchaîne :

– OK, OK, si je veux une crêpe, j'ai qu'à en faire une tout seul…

Je demande à mon père où sont ses vieilles jumelles, celles de quand il était scout. Mon père se relève, nous dévisage en silence, d'abord moi puis Aube, qui est toujours à côté de moi, et il dit après une seconde :

–Vous êtes mignonnes, on dirait presque des jumelles !

– Bon, papa, elles sont où ?

Alors mon père claque ses talons l'un contre l'autre et se redresse d'un coup, porte ses doigts de la main droite jusqu'à son front et dit :

– Scout toujours et vive Baden Powell !

Moi, je ne réagis pas, sinon on en a pour des plombes.

– Tu nous les prêtes ?

– Oui, venez.

Il sort de la cuisine en direction des W.-C., et avec Aube on le suit, toutes guillerettes.

Dans le couloir, je demande à mon père qui a crié « Eurêka » et pourquoi.

– C'est Archimède dans son bain en plongeant un objet dans l'eau qui a compris que…

– Ah oui : que tout corps plongé dans un liquide exerce…

– Oui, c'est ça…

– …

Dans les W.-C., mon père monte sur la lunette et se cogne contre le plafonnier.

Il marmonne en fouillant l'étagère dissimulée sous un rideau en lin que ma mère a installé :

– Elles devraient être là… elles sont là !

Il descend et me tend un énorme étui de cuir. Il est très abîmé et plein de poussière.

– C’est hyper lourd, mais merci, papa ! Viens, Aube.

On retourne dans ma chambre ; dans la cuisine, ma mère fait des crêpes… Elle est trop sympa, ma mère.

8

La vie en gros

Avec Aube, nous poussons mon lit jusque sous ma fenêtre. Il est vraiment lourd mais, au prix d'un terrible effort, nous y parvenons. Ça sera notre poste d'observation. Je monte dessus, je me positionne à genoux pour voir si mes yeux arrivent à la bonne hauteur pour observer sans être vue, et ça fonctionne.

Je retrouve Aube à mon bureau et nous sortons les jumelles de leur étui. Elles sont immenses, imposantes, lourdes et belles.

– Waouh…

Aube n'en revient pas.

– Elles sont incroyables ; je te l'avais dit, non ?

– Ben non.

– Elles devaient sûrement appartenir à un capitaine de navire pendant la Première Guerre mondiale…

– Ou la Seconde.

– T'as raison, en plus, c'est marqué USA, là…

Je récupère la loupe pour observer les détails de « mes » jumelles.

Il y a écrit sur la partie à gauche : « Binocular M9 6×30 » avec un numéro presque effacé, et sur la partie droite, quand on les tient dans le bon sens face à nous comme si on allait s'en servir : « New York USA » et d'autres choses, mais effacées elles aussi.

Aube inspecte l'étui en cuir, elle le renifle aussi.

– Ça sent la guerre… mais ça sent bon aussi.

– Je les adore, ces jumelles… Je vais les garder pour toujours…

– Regarde, y a écrit dans l'étui, mais c'est

de l'anglais : « *For my love, peace* » et y a un cœur dessiné au…

Pendant qu'elle inspecte tout, je me suis remise à la fenêtre, et là je vois la clocharde qui arrive, poussant son gros chariot.

– Laisse tomber, elle est là ! Viens vite !

En deux temps trois mouvements, nous sommes en place, nos yeux arrivent juste au

niveau du bas du carreau. Dehors, de l'autre côté de la placette au pied de mon immeuble, la femme pousse difficilement son caddie et, sans regarder autour d'elle, finit par le positionner perpendiculairement à la façade d'en face et regarde longuement son installation.

Aube se tourne vers moi :

– Elle fait archi peur.

– Tu as vu…

– Elle ressemble à ma tante Anne qui est morte… La sœur de ma mère… euh non, de mon père.

– Ah.

Je prends les jumelles et je pose mes yeux sur les emplacements prévus. C'est tout flou et gris, et quand je bouge la tête doucement de droite à gauche, ça me donne envie de vomir. Alors je règle les molettes pour tenter de voir quelque chose, et soudain, quand je « recule », l'image devient nette. Je vois hyper bien ce qu'il y a dans son caddie.

– Ça marche ?

– Oui, je vois ce qu'elle transporte…

– Et… ?

– C'est étrange, y a comme des bouts de tissu roulés en boules, des sacs plastique vides pliés les uns sur les autres et attachés ensemble avec une corde rouge…

– Mais ça lui sert à quoi ?

– Je ne sais pas. Elle est morte de quoi, ta tante Anne ?

– De tristesse.

– Je ne savais pas que c'était possible.

– Si, on peut, c'est hyper triste, alors faut pas y penser sinon…

– Sinon quoi ?

– On meurt à son tour de tristesse.

– Ah…

Je commence à bien savoir utiliser les molettes de mes jumelles et je passe partout sur le visage de la femme maintenant.

Sa peau est de couleur grise, un peu comme ses cheveux. Je remarque qu'elle a des traces noires sur le menton et sur le côté gauche de son front. Elle a aussi un bleu sur son cou à droite et, sur le lobe de son oreille gauche, une griffure ancienne qui est devenue une croûte. Elle a une petite moustache naissante… Par contre, quand je m'attarde sur ses yeux, je les trouve jolis. Ils sont bleus mais pas bleus comme ceux de Cindy dans ma classe, non, bleus comme la mer en Bretagne, comme quand on va avec mes parents à la pointe de Trévignon et que mon père dit toujours en se mettant en maillot : « On est aux Antilles ou quoi ? »

Ben, la saoule, elle a les yeux comme l'eau turquoise de cette plage.

Je me retourne, on toque à ma porte ; avec Aube, sans même se concerter, on fait volte-face, je cache les jumelles derrière mon dos et chacune de nous attrape un livre. Ce sont nos mères qui entrent.

9

Punie

– C'est quoi, ce bazar ?

– …

– Et puis, je vous signale que c'est archi dangereux…

– Et « archi dangereux », c'est peu de le dire, ajoute la mère d'Aube.

– Marie a archi raison. Et puis, Jeanne, je te fais remarquer que, quand on lit, on tient son livre dans le bon sens.

Quand ma mère dit ça, Aube fond en larmes. D'un coup. Je n'en reviens pas et j'ai presque envie de pleurer moi aussi. J'essaie mais je n'y arrive pas. Aube hoquette et pleure à chaudes larmes. Sa mère la regarde en souriant mais ne s'approche pas pour autant. Elle tourne les yeux vers moi et me précise :

– Je ne bouge pas, Jeanne, parce que c'est pire si j'approche, je la connais, ma petite Chat-chou... Ne t'inquiète pas, elle va finir par s'arrêter...

Je pose ma main sur l'épaule d'Aube. Puis sur sa joue, celle la plus proche de moi. Elle a la peau douce, chaude et mouillée. Je pense à une pâtisserie, je ne sais pas pourquoi. Aube me regarde et s'arrête de pleurer. Elle sourit, se tourne vers sa mère et lui fait une grimace vraiment moche en tordant son nez avec ses doigts de la main gauche et en écarquillant un œil avec la main droite, la bouche de travers et grande ouverte. Même moi, j'ai un peu peur. On rigole. Mais pas longtemps, ma mère a sa tête des mauvais jours.

– C'est dommage ; ça se passait bien, ce mercredi, mais là, le côté « je déménage ma chambre », non ! Alors Aube et Marie vont partir et toi, ben, tu vas rester dans ta chambre jusqu'au dîner et tu vas devoir me remettre tout ça en ordre. Au carré !

– Mais maman, c'était pour mieux…

– Pour mieux quoi ? Pour mieux basculer dans le vide ? C'est vrai, ce n'est pas bien grave de commencer sa vie par une chute du deuxième étage !

Quand ma mère est lancée, on ne peut plus en placer une, mais j'y vais quand même :

– Mais non ! On est hyper prudentes avec Aube, t'es bête ou quoi ? Tu nous prends vraiment pour des débiles ?

Bon, là, j'ai compris que j'ai franchi la ligne blanche… Aube, qui a compris aussi, se tourne vers moi et me fait un bisou.

– Bon, salut, à demain à l'école…

Je ne dis rien ; elle ramasse ses affaires silencieusement et, juste avant de quitter ma chambre, elle me fait un clin d'œil.

Marie fait un petit geste de la main et ma mère claque la porte de ma chambre. J'entends qu'elle dit à Marie :

– Non, mais là, vraiment, c'est trop, me dire que je suis bête et que je la prends pour une débile ! Faut pas pousser quand même !

C'est la dernière chose que j'entends avant de m'allonger sur mon lit. J'ai déjà faim et j'ai envie de parler à mon père, lui il me comprend. Et puis, comment je vais faire toute seule pour bouger mon lit… Eurêka ! J'ai trouvé.

Je farfouille dans les tiroirs de ma commode et j'en sors mes rollers. J'arrive à soulever un coin de mon lit, bien que ce soit vraiment lourd, et à enfiler un roller sur le pied en bois du lit. Je transpire à fond et les jointures de mes doigts sont toutes rouges. Je recommence avec le pied opposé au prix d'un gros effort et je me recule pour admirer le travail. Mais un cri venant de la place me fait bondir sur mon matelas. J'attrape les jumelles : c'est la clocharde qui tient une bouteille en verre vide et qui chante en hurlant et en tournant sur elle-même. Elle n'a plus ses chaussures et, quand son visage est tourné vers moi, je m'aperçois qu'elle n'a plus toutes ses dents. Sa bouche en gros plan dans les jumelles me dégoûte et me fascine en même temps : j'ai l'impression que je vais tomber dedans comme dans un puits sans fond, que je vais descendre le long de son œsophage, être malaxée dans son estomac avant de m'engager dans son intestin grêle puis de sortir par…

Ma porte s'ouvre d'un coup sans que personne n'ait frappé. C'est pourtant écrit sur ma porte : *Défense d'entrer sans frapper*. Je me retourne. C'est mon père. Il a l'air tranquille mais bon, vu qu'il est soupe au lait, ça ne veut pas forcément dire grand-chose. Je fais comme si de rien n'était, vu que j'ai encore les jumelles collées aux yeux et que mon lit fait du roller.

– Tu me vois mieux avec tes jumelles ?

Je les ôte prestement.

– Tu as dit « tes jumelles », ça veut dire que…

– Que rien. Ce sont toujours « mes » jumelles. C'est quoi, ces cris dehors ?

– Viens voir, papa, c'est la dame…

Mon père ne dit rien pour les rollers et se met avec moi sur mon lit derrière le rideau. Dehors, la femme est maintenant assise contre le mur, calmement, elle a une main tendue devant elle avec un moineau qui picore dedans. Un rayon de soleil lui barre le visage.

On dirait une maman qui s'est assise là, après une journée de travail, pour se détendre. Elle a l'air normale alors qu'une seconde avant elle hurlait et éructait, virevoltant sur elle-même comme un derviche en transe.

– Elle me fait de la peine.

– Mais papa… Moi aussi, mais elle me fait froid dans le dos.

– Tu sais, on devrait aller voir dans le frigo si on n'a pas quelque chose à lui donner, ou alors cherche si on n'a pas un vieux pull à moi pour qu'elle ait moins froid la nuit…

– Elle va dormir là, papa ? En bas de chez nous ?

– Je ne sais pas. Tu veux qu'on aille lui demander ?

– Non !

– J'y vais alors, et tu me regardes par la fenêtre.

– OK… Fais attention, papa, quand même.

– À quoi ?

– À elle.

– Je ne risque absolument rien. T'inquiète, comme tu dis…

Et sur ce, mon père disparaît ; j'entends du bruit dans la cuisine, puis la porte de chez nous, puis la chasse d'eau des W.-C. et ma mère qui en sort et dit :

– Qui vient de sortir ?

Je réponds depuis ma chambre que c'était papa.

Je me colle à la fenêtre avec mes jumelles. J'ai fait tous les réglages pour bien voir et

je m'attarde sur le visage de la femme. Il est serein, comme calmé après sa phase d'excitation. Le soleil disparaît progressivement et son visage dans l'ombre devient plus menaçant et inquiétant.

Je retire les jumelles et j'aperçois mon père qui traverse la cour, tenant dans sa main un sac plastique. Il a gardé ses vieux chaussons. Il s'approche de la femme et s'accroupit juste devant

elle. Elle est clairement méfiante. C'est comme un film à la télé sans le son. Elle écoute mon père qui doit lui parler, il lui montre l'intérieur du sac plastique et la femme fait non de la tête énergiquement. Mon père referme le sac et le dépose quand même à côté d'elle. La femme semble lui montrer quelque chose mais je ne vois pas bien quoi. Mon père se redresse et commence à enlever ses chaussons puis ses deux longues chaussettes de laine qu'il adore et les lui tend avant de remettre ses chaussons. La femme se lève et je la vois sourire vraiment comme si c'était la première fois…

Mon père fait demi-tour et m'adresse un coucou de la main. Je suis tétanisée qu'elle me voie, qu'elle me reconnaisse, qu'elle sache où j'habite, tellement que je ne peux même pas bouger. Je fais coucou moi aussi. Je croise son regard d'un bleu azur. Elle me salue de la main.

10
Nuit noire et blanche

Je réussis à négocier avec mes parents que mon lit reste sous la fenêtre pour l'instant. Mon père teste le système des rollers et approuve. Ça fonctionne très bien : il suffit de soulever la tête du lit, de remettre les rollers dessous et de le pousser vers là où on veut le mettre, et ça roule.

À table, on dîne frugalement de comté, de pain grillé et d'une salade de roquette. Ma mère se coince un bout de feuille de salade entre les dents, mais mon père et moi on ne dit rien, on rigole juste. Ça détend l'atmosphère ; ma mère ne semble plus fâchée contre moi.

J'adore le comté. Surtout celui de la place Maubert. J'y vais avec mon père le dimanche matin à l'ouverture, même si c'est quand même loin de chez nous, mais c'est le meilleur de Paris.

Mon père raconte à ma mère qu'il est descendu voir la dame en bas et qu'il lui a laissé le reste de la salade d'artichauts, les falafels et un peu de semoule dans un Tupperware. Il dit qu'elle a d'abord refusé mais que, bon, il lui a quand même tout laissé.

Ma mère ne dit pas grand-chose durant le dîner, elle rigole juste quand mon père lui suggère d'aller regarder ses dents dans le miroir de la salle de bains.

Je ne mange pas de dessert parce qu'il n'y en a pas.

Je n'arrête pas de faire discrètement des allers-retours entre la cuisine et ma chambre pour regarder si elle est toujours là: et oui, elle est toujours là.

Je me brosse les dents en me demandant

comment elle fait, elle, pour se les laver. Est-ce qu'elle prend des douches ? Et si oui, où ? Comment ? Je trouve ça triste.

Je mets mon pyjama que j'adore, celui avec des poches. Il est bleu et dessus il y a des constellations phosphorescentes. C'est ma grand-mère qui me l'a offert.

Je me couche dans mon lit à ma nouvelle place. Il y a de l'air froid qui m'arrive pile dessus. Je fais courir ma main à la jointure entre le cadre de la fenêtre et le mur, et c'est gelé. Je mets mon traversin dans le sens de la longueur pour calfeutrer et mon oreiller pour être bien installée pour voir dehors. J'attrape mes jumelles et je me mets à regarder. Je ne vois pas la femme ni son caddie. J'espère que quelqu'un quelque part a pu l'accueillir.

Certains appartements sont éclairés, d'autres non. Je vois hyper bien chez les gens. Il ne me manque que le son. Je vois un couple qui s'embrasse sur la bouche debout contre leur baie vitrée. La dame est beaucoup

plus grande que le monsieur, si bien qu'à un moment il grimpe sur leur canapé pour être à la hauteur de la femme.

Ailleurs, des télévisions allumées font vibrer les appartements dans l'obscurité d'une étrange lumière bleue et froide. Des gens qui dînent et d'autres qui dansent. Dans l'appartement pile en face du mien, il y a un monsieur

en salopette sur sa terrasse, il porte des lunettes rondes. Mon père lui dit bonjour quand on le croise dans la rue. Il boite et il a un chien qui s'appelle Émile. Il est un peu gros. Mais il a une bonne tête. Il a une femme et deux filles. Je le sais, on les rencontre aussi parfois.

Il fume une cigarette à son balcon, en bras de chemise. Il pose sa cigarette en équilibre sur sa rambarde et entre chez lui. Il ne reste que le bout rougissant de la cigarette qui brille dans la nuit. Son incandescence est ravivée par un vent léger. Mon voisin réapparaît, enveloppé dans une grande couverture. Il attrape sa cigarette et fume. On dirait un chef indien. Je l'imagine avec un arc et des flèches, et une coiffe en plumes.

– Tu sais qu'on ne doit pas regarder chez les gens comme ça, ma chérie ?

C'est mon père, assis sur mon lit. Je ne l'ai même pas entendu arriver. Je pose les jumelles.

– Et puis, tu n'as pas besoin de les appuyer si fort sur ton visage, ça te laisse des traces autour des yeux, on dirait un raton laveur.

– Ah…

J'aime bien quand mes parents viennent dans ma chambre le soir à l'improviste.

– Papa ?

– Oui, ma chérie.

– Elle dort où, la clocharde ?

– Je ne sais pas. Elle n'est pas là ?

– Non.

Mon père se contorsionne pour regarder dehors.

Personne. Il s'assied au pied de mon lit en prenant soin de bien caler son dos avec mon traversin.

Nous restons silencieux un moment. Les constellations sur les manches de mon pyjama brillent doucement.

Mon père se frotte les yeux en bâillant, alors je fais pareil.

– Elle dort, maman ?

– Non, elle tricote un pull pour grand-mère…

– Eh ben, elle n'a pas peur ; grand-mère, c'est la *king* du *knit*…

– Oui, enfin, la *queen* du *knitting* plutôt… Mais, oui, tu as raison, tricoter un pull à grand-mère, c'est un peu comme dire : « Tiens, si j'allais escalader l'Everest en maillot de bain et en tatanes. »

– C'est quoi, des tatanes, papa ?

– Des chaussures moches et pourries. Tu iras t'excuser auprès de ta mère demain.

Je regarde l'heure sur mon réveil et il est déjà 22 heures. Demain, j'ai école. Je vais être crevée.

– Tu voulais faire quoi, toi, papa, quand tu avais mon âge ?

– Comme métier ?

– Oui.

– Je voulais être policier, enfin commissaire plus précisément.

– Pourquoi ?

– Parce que mon père lisait sans cesse des romans policiers, j'imagine. Et toi ? Tu as déjà des idées ?

– Oui et non. Mais plutôt non que oui.

– Tu as le temps…

– En tout cas, je n'ai pas envie de devenir clocharde.

– Je comprends.

– Mais j'ai peur que ça m'arrive, papa.

– Ça n'arrivera pas.

– Pourquoi ?

– Parce que tu as tes parents et un toit au-dessus de ta tête, parce que nous ne manquons de rien, parce que tu vas à l'école, et que tu travailles bien, parce que tu es en bonne santé et…

– Oui, mais elle, c'était pareil au début, non ?

Mon père ne dit rien. Je sais qu'il réfléchit. Même si je ne vois pas dans le noir, je le sens.

Au bout d'un moment, il me dit :

– Peut-être, oui. Je ne sais pas. Il faudrait lui poser la question… Bon allez, on dort, là. Demain, docteur Brigitte va nous faire les gros yeux…

Il m'a fait un câlin et je l'ai serré vraiment fort. Mes yeux me piquent. Sa barbe aussi. Il sort en me laissant dans le noir. Je jette un dernier coup d'œil sur la place : rien, toujours vide. Je pense à elle dans un lit tout propre et me demande si elle a pu prendre une douche bien chaude. Je me demande à quoi elle rêve.

Je pense à Aube et à notre enquête. Je me demande bien comment on va faire.

Je vais essayer de rester éveillée toute la nuit, au cas où. Mais au cas où quoi, en fait? En y pensant, je m'endors d'un coup.

11
À deux mains

Ma mère m'a accompagnée ce matin. J'ai salué Mme Nicolas et Mme Olivarius, notre directrice, et je suis entrée en classe en faisant un clin d'œil à Aube. Nous sommes presque les premières, on s'installe dans le coin lecture.

– Bon, ce soir, on la suit si on la voit.

– OK, mais qui ? On suit qui ? Ça m'inquiète tout à coup…

– Aube !

– Oui ?

– Sois concentrée : ce soir, on suit et on espionne la dame !

– Ah, bien sûr ! À ce soir alors.

Elle se lève et file à sa place comme si de rien n'était. Elle est drôle, ma copine.

J'ai travaillé toute la journée sans m'arrêter. En fait, si quelqu'un avait pu lire dans mes pensées, il aurait vu que je n'ai fait qu'imaginer ce que nous allions faire après l'école. Mais personne ne sait lire dans les pensées. Enfin, je ne crois pas.

La cloche sonne. Je ne me souviens même pas de ce qu'on a mangé à la cantine. Mon père m'attend devant l'école.

Aube me donne la main, elle marmonne :

– Je suis inquiète, je suis inquiète, je suis inquiète…

J'aperçois le père d'Aube, il serre la main de mon père alors que nous arrivons à leur hauteur. Je regarde partout, mais je ne vois pas la clocharde. Elle est nulle part. J'ai envie de savoir comment elle s'appelle.

Mon père en me voyant retrouve le sourire. Ou alors c'est parce que ma maîtresse est derrière moi ? Je sens le bon parfum de Brigitte même quand il y a du vent !

– Salut, mesdemoiselles !

– Salut, papa ! Tu sais que j'ai entendu au journal il y a longtemps que l'on ne devait plus dire « demoiselle » ! Que c'était mal.

– Oui bon, ben, ça va, c'est joli comme mot, non ? Et puis, ça vous va bien, je trouve, pas vrai, Éric ?

Éric est le père d'Aube, il est grand et maigre et un peu plus vieux que mon père. Je l'aime bien ; je le trouve drôle, mais il a souvent l'air d'être contrarié par quelque chose. Par quoi, ça, je ne sais pas.

– Salut, Chat-chou, salut, Jeanne.

J'ai pris mon élan et j'ai dit d'une traite et sans reprendre ma respiration :

– Papa steuplaît est-ce qu'Aube peut venir dormir à la maison ce soir je t'en supplie pour l'amour de Dieu et de Jésus et de grand-père Charles qui est au ciel et de la tante Anne d'Aube qui est morte de tristesse… Sois cool pour une fois steuplaît steuplaît steuplaît…

Éric a regardé mon père en haussant les épaules et a dit :

– Pour moi, c'est OK si pour toi c'est OK, mec.

– Non, pas ce soir, demain il y a école. Après-demain, OK, mais pas ce soir. Pourquoi tu m'appelles « mec », Éric ? Ça ne te ressemble pas, mais alors, pas du tout.

– Chais pas… Pour voir comment ça fait d'être jeune et cool…

– On est vieux, Éric. Enfin, on est des jeunes vieux, mais des vieux quand même.

– Papa, OK pour vendredi, mais on peut rester ensemble, Aube et moi, jusqu'au dîner ?

– Ben, moi, je veux bien les garder…

– Alors si Éric est OK, moi aussi, mais je viens te chercher à 19 heures, et devoirs faits !

– OK, papounet d'amour… Vous êtes vieux mais beaux…

Aube saute de joie et n'a plus l'air inquiète

du tout. Mon père file. Je le soupçonne d'aller au cinéma en cachette pendant que je suis chez Aube, en inventant une excuse bidon pour maman. Enfin, peu importe, moi, j'ai à faire !

On part vers la boulangerie, Éric, Aube et moi.

Aube chantonne une chanson que je ne connais pas qui dit : « Aller plus haut… aller plus loin », ou un truc du genre.

Il y a la queue devant la boulangerie. Et elle est là, assise par terre, le bras tendu ! Elle attend que des gens lui donnent une pièce ou deux. Je file un grand coup de coude à Aube, qui chante maintenant à tue-tête, les yeux au ciel : « Aller plus haut… »

– Aïe !

– Regarde !

– Quoi ? Qui ? Où ?

– Là ! Notre enquête !

On se range au bout de la queue. Ça avance doucement, on a le temps de bien l'observer.

Elle est toujours habillée pareil, mais

quelque chose a changé chez elle, sans que je puisse déterminer quoi. Je farfouille dans ma poche à la recherche de ma pièce de survie. Je la trouve dans la poche arrière de mon jean. Mon père me met toujours une pièce de deux euros au cas où, mais avec interdiction de m'en servir sauf besoin « im-périeux », et je crois que là c'est le bon moment ! Le moment « pro-pice », comme il dirait.

– On va lui donner une pièce quand on passera devant elle, OK ?

– Dacodac. Mais qui ?

– Ben moi.

Plus on s'approche d'elle, plus j'ai la trouille, les chocottes quoi. Et puis, je vais faire quoi ? Lui donner ma pièce, et après ? Tu parles d'une enquête. Je suis tétanisée, mais pas question que je me dégonfle. J'ai mon honneur. Mais je ne sais pas bien ce que c'est l'honneur, moi… Devant moi, une dame se penche, sans doute pour lui donner une pièce. La clocharde lui fait un petit sourire.

Mon cœur bat la chamade… Encore deux personnes avant que je sois à son niveau. Aube avance en faisant des petits pas, ses deux mains jointes devant elle comme les bonnes sœurs à l'église. Éric, lui, sifflote l'air que chantonnait sa fille.

Plus qu'une personne devant moi… L'autre avance… C'est à moi, je suis devant la dame, elle me regarde de ses beaux yeux bleus et j'ai l'impression qu'elle me reconnaît… J'attrape la pièce au fond de ma poche et la lui tends, tremblotante :

– C'est pour vous, monsieur ! Euh, pardon, madame, excusez-moi…

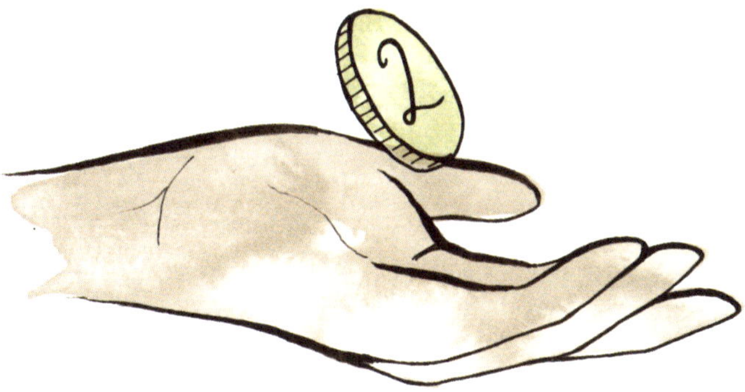

– Mademoiselle, mais t'inquiète pas, gueule d'amour, t'es bien trop mignonne pour que je te croque !

J'entends Aube qui dit : « Pitié, pitié, pitié » sur l'air d'aller plus haut...

La dame me tient fermement la main avec la pièce dedans, elle me fixe. J'ai peur et Éric ne remarque rien jusqu'à ce qu'Aube lui balance un grand coup de pied dans le tibia en disant : « Papa ! »

Il se retourne et la clocharde me lâche la main instantanément. Elle me demande gentiment :

– Et tu t'appelles comment, gueule d'ange ?

– Euh, Jeanne, mademoiselle...

– C'est joli !

Aube choisit ce moment pour me pincer le bras en disant entre ses dents : « Enquête ! », alors je prends mon courage à deux mains et demande à mon tour :

– Et vous... ?

– Moi ? Personne ne m'a posé cette question depuis tellement longtemps que je pourrais pleurer… T'es trop mignonne, toi… et toi aussi.

Elle a dit ça en regardant Aube qui s'est réfugiée derrière les jambes de son père.

– Je m'appelle Pierrette… Merci pour ta piécette… T'as vu, je fais des rimes, ma mignonnette.

– ….

– J'ai l'impression de te connaître, dis-moi.

– Euh, non, je ne crois pas… Enfin, moi, je ne vous connais pas…

– Pas grave, poulette. En tout cas Pierrette Lorrain te remercie éternellement et je suis en dette avec toi, alors…

Derrière nous, quelqu'un dit :

– Faut avancer s'il vous plaît…

Alors on avance. Aube lève son pouce et dit :

– Bravo ! On a son nom et son prénom.

Je tremble un peu, mais je suis soulagée.

Quand c'est notre tour, on choisit chacune

un pain au chocolat et un croissant ordinaire. Éric prend des chouquettes. On marche jusque chez Aube.

12
Un os à ronger

Je reste chez ma copine jusqu'au coup de sonnette de mon père à 19 heures « pétantes ». Chez Aube, ni son père ni sa mère ne nous laissent accéder aux ordinateurs et donc à Internet pour entamer nos recherches concernant Pierrette Lorrain.

En tout cas, on fait un grand bond dans notre enquête ! Cette dame, la clocharde, a désormais un nom et un prénom ! Et ça, c'est précieux.

De retour chez moi, nous passons directement à table. Ma mère a mis le couvert et préparé une quiche lorraine, mais moi, dans la quiche, je ne mange que les lardons. Alors je prends deux yaourts et trois compotes en tube.

Je me brosse les dents.

– Il est où, mon pyj', maman? Celui avec les constellations?

– À sécher, j'ai fait une machine!

Bon. Pas grave, même si je n'aime pas changer de pyjama pendant la semaine. Je regarde dans mon armoire et j'enfile une chemise de nuit. J'entends le portable de ma mère sonner dans le salon, elle dit: «Allô?» puis hurle:

– Jeanne, c'est pour toi! C'est Aube! Mais ne vous éternisez pas, y a école demain!

J'ai couru et j'ai presque arraché le téléphone des mains de ma mère.

– Ça va?

– Ça va. Enfin, mes parents ont des invités, donc je m'ennuie, quoi…

– Aube?

– Oui?

– Tu peux attraper l'iPad de ta mère?

– Oui.

– Ben alors ?

– Ben alors quoi ?

– Ben, fais-le et file dans ta chambre discrètement !

– Ah ! OK.

– Tu es en chemise de nuit, toi ?

– Yes. Et toi ?

– Affirmatif, mon cher Watson.

Je crie vers le salon :

– Maman ! je vais discuter avec Aube dans mon lit ! Promis, on fait vite !

Comme personne ne dit rien, je suppose que c'est OK. J'éteins les lumières et je jette un œil dehors ; Pierrette est là, en bas, en train de manger une baguette de pain. Il y a plein de pigeons autour d'elle alors que je ne vois jamais de pigeon la nuit. Elle a son caddie à côté d'elle.

– Aube ! Elle est en bas de chez moi…

– Pierrette ?

– Affirmatif !

– Dingue ! Bon, je fais quoi avec l'iPad ?

– Cherche sur Google : Pierrette Lorrain…

– OK…

J'attends cinq bonnes minutes tout en cherchant mes jumelles que je ne trouve pas – mon père a dû les récupérer pour que je ne recommence pas à épier les voisins. Je regarde Pierrette, elle est calme, elle semble rassasiée, elle range méticuleusement son caddie après l'avoir vidé complètement et avoir tout étalé par terre sur la place. Elle me fait penser à ma mère qui prépare les valises avant les vacances.

Elle a des choses incroyables dans son caddie. Il y a une poêle, des boîtes en carton dans lesquelles elle range d'autres boîtes en carton, comme des poupées russes. Des cordes, des ficelles, des vêtements, des sacs plastique attachés ensemble, des chaussures sans âge. Une casquette. Un antivol de vélo, des Tupperware sans couvercle. Et un avec couvercle ! C'est celui que mon père lui a donné… Aube revient au téléphone.

– Allô ? Allô ? T'es là ?

– Oui, pardon, j'étais à la fenêtre en train de l'observer. Alors !?

– Tu ne vas pas le croire !

13
Incroyable

Au moment où Aube veut me dire ce qui est incroyable, j'entends Marie qui lui dit :

– Mais ça ne va pas de prendre mon iPad ! Et tu es au téléphone en plus, mais avec qui ?! Allô ? Allô ? Qui est à l'appareil ? Éric, viens tout de suite ! Allô ?

– Oui, bonsoir, madame Marie, euh, bonsoir, Marie, c'est Jeanne, pardon de vous déranger mais, comme j'ai oublié mon cartable à l'école, Brigitte m'a demandé de téléphoner à Aube afin qu'elle m'aide à effectuer une recherche sur le trafic de chatons et de chiots en Europe et comme, ben, on a été inondés et que les ordis sont, euh… noyés, ben, c'est pour ça qu'Aube, très gentiment, a proposé de m'aider, mais je sais que vous avez des invités alors j'ai dit que ce n'était pas la peine de vous déranger pour vous demander l'autorisation, ce qu'elle voulait faire, bref, Marie, pardon, c'est ma faute, si vous voulez je vous passe ma mère et elle sera très fâchée contre moi…

– Bon, je te repasse Aube, et ne vous couchez pas trop tard, bisous, Jeanne…

J'entends Éric qui demande : « Qué pasa ? » et Marie qui lui dit : « Rien, mon Ricky… Viens. » Aube reprend le téléphone :

– J'ai pas tout entendu, mais t'as assuré !

– Bon allez, y a quoi d'incroyable ?

– Elle n'existe pas, Pierrette !!

– C'est-à-dire ?

– C'est un personnage.

– …

– Je te jure !

– …

– Allô ?

– Oui, je suis là, mais je ne comprends rien…

– J'ai tapé son nom, et comme je ne connaissais pas l'orthographe de son nom, et ben, Google m'a envoyée direct sur sa page Wikipédia !

– Pierrette la clocharde a une page Wikipédia ?

– Oui !

Aube est surexcitée à l'autre bout du fil. Je me dis qu'elle a dû boire le fond d'une coupe de champagne d'un invité de ses parents. Elle finit par dire :

– Je t'explique : Pierrette Lorrain, c'est un personnage de roman qui s'appelle *La comédie humaine*, ça doit être un livre comique, d'un certain Honoré de Balzac ! C'est une orpheline très pauvre…

– Et Pierrette qu'on connaît, c'est quoi, alors ? Un hologramme ?

– Je ne sais pas, moi…

– Bon…

Après un instant silencieux, je dis à Aube :

– On en parle demain... ?

– OK... mais là, elle fait quoi, la vraie Pierrette... ?

Je regarde par la fenêtre, elle a disparu. Je ne comprends plus rien. Je dis :

– Elle n'est plus là. Bisous, à demain.

– Bisous.

On raccroche et je mets le téléphone discrètement sur la table de la cuisine ; mes parents sont dans leur chambre, je vois de la lumière sous la porte. Je retourne dans la mienne et je me couche. Un personnage de roman... ? Mais c'est impossible. Demain à la cantine, j'en parle à Brigitte. Elle, elle sait tout !

14
Cordon-bleu

– Si je connais Honoré de Balzac ?

– Oui, enfin, pas personnellement…

– Oui, Jeanne, bien sûr, mais toi tu es encore bien jeune pour lire cet auteur, je pense, même si c'est à tes parents de décider. Pourquoi tu me demandes ça ?

– Et *La comédie humaine*, vous l'avez lue ? Ça vous dit quelque chose, Pierrette Lorrain ?

Brigitte est tellement surprise par ma question qu'elle commence à s'étouffer avec sa bouchée de cordon-bleu. Elle tousse et elle crache des mini-bouts partout autour d'elle.

Fabio, un garçon de ma classe, en reçoit plein et se met à pleurer. Brigitte n'arrive pas à s'arrêter. On rigole tous en chœur. Quand la dame de la cantine arrive avec le chariot des desserts, en nous fusillant du regard à cause du brouhaha, on s'arrête tous d'un coup.

Brigitte la rassure immédiatement :

– C'est moi, pardon, Scarlett, je me suis étouffée, et désolée, mais j'ai mis du cordon-bleu partout partout partout.

Scarlett reprend son travail comme si de rien n'était. Brigitte tourne sa chaise et la mienne afin que nous nous retrouvions face à face.

– J'ai compris : tu crois que la clocharde du quartier est le personnage de Balzac ?

– Oui, on a cherché sur Google avec son nom et…

– Eh bien non. Pierrette, c'est une vraie personne avec une vraie vie très difficile et c'est un homonyme du personnage du roman…

– Ça veut dire quoi ?

– Qu'elles portent le même nom, avec la même orthographe, mais que ce sont deux personnes distinctes…

– Ah, OK…

– Mais comment tu connais son nom, toi, à la dame ?

– Je lui ai demandé ; on enquête sur elle, avec Aube. Et toi, Brigitte, comment tu la connais… ?

– Je fais partie d'une association qui aide les personnes sans ressources, les personnes qui n'ont pas d'argent, quoi… Alors, un soir par semaine, je vais à leur rencontre et je leur distribue de la nourriture ou des produits de première nécessité, tu vois…

– Ah, d'accord…

– Pierrette, elle, est arrivée il n'y a pas longtemps dans le quartier… Je ne la connais pas très bien… C'est pour ça, l'autre jour, que je ne l'ai pas reconnue, sans doute.

– Je peux dire à Aube de venir s'asseoir avec nous ? On enquête ensemble, elle et moi.

– Oui bien sûr, va la chercher, je vais voir s'il reste des pommes noisettes…

Brigitte se lève, et moi je fais signe à Aube

de s'approcher. Ce qu'elle fait. Brigitte, avec une assiette pleine de pommes noisettes qui forment une pyramide presque parfaite, s'assied avec nous.

– Brigitte la connaît, Pierrette ! C'est un homonyme !

– Ah, je ne connais pas, je n'y suis jamais allée…

Brigitte met sa main devant sa bouche avant de rire à nouveau. Fabio qui n'est pas loin a peur et se remet à pleurer.

– Je t'expliquerai. Alors, tu sais quoi d'elle, Brigitte ?

– Pas grand-chose. Je sais qu'elle vient de Bretagne. Qu'elle a une histoire personnelle très difficile et triste…

– Raconte.

– Vous êtes encore petites, alors je préfère parler à vos parents avant, vous comprenez ?

On hoche la tête de concert, Aube et moi.

– Mais dis-nous juste un truc…

– Elle a 57 ans…

– Quoi ? L'âge de ma mère ?! Mais on dirait qu'elle a 70 ans !

– Tu exagères, Jeanne, ta mère est bien plus jeune, mais oui, concernant Pierrette, elle est très abîmée par la vie difficile qu'elle mène… Dormir dehors, ne pas manger à sa faim, ça laisse des traces, vous savez.

– Au début, elle me faisait peur.

– À moi aussi…

– C'est normal, les filles, elle est impressionnante. À moi aussi, elle me faisait peur !

– Ah bon ? C'est vrai ?

– Oui, archi vrai. Aussi vrai que 7 fois 3 font…

Aube et moi, en même temps :

– 21 !

15
Réunion au sommet au rez-de-chaussée

Quand mon père vient me chercher, Brigitte l'attend devant l'école pour lui dire de la suivre jusqu'au réfectoire qui est juste à côté du préau. Mon père doit penser que j'ai fait une grosse bêtise ou que j'ai eu un accident. Je suis seule à les guetter par la fenêtre qui donne dans la cour. Aube n'a pas pu rester, elle avait rendez-vous chez sa psy orthophoniste, je crois. C'est étrange d'être seule dans la cantine. Ça sent bon et c'est calme.

L'école est silencieuse comme jamais. Je me dis que Pierrette pourrait venir dormir à l'école, la nuit – c'est grand, il y a des W.-C., une cuisine et même des douches. Elle serait en sécurité en plus, vu que Mme Nicolas la gardienne surveille l'entrée comme un vrai cerbère.

J'entends les talons de Brigitte qui claquent sur le sol cimenté de notre cour. Je tourne la tête vers les « clac clac clac » et les aperçois, mon père et elle, riant comme des bossus. Ils entrent.

– Brigitte me racontait la scène de ce midi avec son cordon-bleu…

– Salut, papa.

– Salut, ma chérie ; bon, Brigitte m'a dit en deux mots…

– Oui, Jeanne, j'ai raconté vos questions et votre enquête surtout.

– Oui, elle est comme fascinée depuis qu'elle l'a vue la première fois au square en bas de chez nous et qu'elle a eu peur d'elle…

– Je comprends. Je te comprends, Jeanne.

– Merci, Brigitte.

– Mais tu es une petite fille, alors on ne

va pas te laisser – vous laisser, avec Aube – la suivre dans la rue comme ça, toutes seules.

– Et puis, tu as tes devoirs à faire.

Mon père ne peut vraiment pas s'en empêcher, il est obsédé par les devoirs. Brigitte se tourne vers lui :

– Oui, enfin, vous savez, les devoirs, les devoirs, il n'y a pas que ça dans la vie. Et puis, les questions que Jeanne se pose me semblent presque plus intéressantes qu'une dictée sans faute ou une table de multiplication sue sur le bout des doigts, n'est-ce pas, Jeanne ?

Et là sans prévenir, Brigitte dit :

– 8 fois 4.

– 32.

– 9 fois 7.

– … 63.

– Bon, vous voyez, monsieur, tout va bien !

Mon père n'ajoute rien. Brigitte regarde sa montre.

– Si vous voulez, on va lui dire bonjour.

Mon père consulte son téléphone.

– Je demande à la mère de Jeanne et j'arrive.

Il sort dans la cour et je reste avec Brigitte.

– Ça l'inquiète un peu, ton père, mais ça va aller. On va juste lui dire bonjour et comme ça, tu auras du grain à moudre pour ton enquête…

Mon père revient.

– OK, mais pas longtemps.

J'enfile ma parka, Brigitte son manteau avec son col en fourrure et mon père n'enfile rien vu qu'il garde tout le temps son manteau. Je remarque qu'il a mis ses jolies boots en cuir marron que j'adore. Je voudrais les mêmes.

Nous sortons en saluant Mme Nicolas qui a laissé la porte de sa loge ouverte. Elle regarde « Les Marseillais versus le reste du monde », une émission trop débile. Elle ne fait pas attention à nous.

Dehors, c'est bruyant, des voitures et des scooters, des passants, des enfants. J'ai la tête qui tourne, j'ai chaud, j'ai froid, je ne me sens pas très bien. Je dois être toute pâle, parce que Brigitte est à genoux devant moi et me tiens par les épaules.

– Tu as mangé quoi à la cantine, ce midi ?

– De la mie de pain…

– Et c'est tout ? Ça ne va pas du tout, Jeanne…

– Non, j'ai aussi mangé la croûte.

J'ai l'impression que je vais tomber dans les pommes, ce serait bien la première fois. J'entends mon père loin, très loin, comme s'il était au bout d'un long couloir avec un mégaphone bouché qui dit :

– Eh zut, je n'ai pas pensé au goûter, moi…

Brigitte sort de son sac un sachet de cacahuètes déjà ouvert, elle en prend quelques-unes qu'elle me glisse dans la bouche, puis elle sort une gourde de compote, qu'elle m'oblige à boire. Mon père la regarde avec admiration.

– Alors là, Brigitte, vous êtes championne. Cacahuètes-compote… ! Je ne connaissais pas…

– J'ai mon brevet de secourisme ; pour une maîtresse, c'est obligatoire.

Mon père me prend dans ses bras, je me sens un peu mieux mais toute molle encore.

Je lui chuchote à l'oreille :

– Porte-moi, papa, je t'en supplie, je me sens moyen…

Il ne me répond pas mais me soulève et se met en route. Je me laisse faire, je reste flasque et me cale contre lui. C'est agréable. J'ai 2 ans tout à coup, je ne pense plus à rien, juste à écouter le roulis des pas de mon père. Je dois être lourde pour lui, mais il avance sans se plaindre.

Brigitte et lui discutent de Pierrette. Comme j'ai fermé les yeux, ils pensent sans doute que je dors.

– Elle dort dans un parking de la rue de la Réunion, au moins 4, comme ça, elle a le temps de se cacher quand elle entend du bruit.

– Et son caddie ?

– Elle le descend au moins 4 aussi.

– Elle vous a raconté le pourquoi du comment ?

– Non, elle est très discrète, mais elle m'a donné des bribes d'informations l'air de rien, par-ci par-là.

– Comme ?

– Elle a été abandonnée par ses parents à l'âge de six mois et a été placée en famille d'accueil.

– Ça commençait mal…

– Oui, sa vie est vraiment une succession de douleurs.

– On a de la chance, nous, et pourtant on passe notre temps à nous plaindre…

– Parlez pour vous !

Elle a dit ça en riant. Elle est vraiment super, ma maîtresse, c'est vrai qu'elle ne se plaint jamais ! Jamais ! Et elle partage tout ce qu'elle a. L'hiver par exemple, dans la cour, quand il fait très froid et que nos doigts gèlent, elle sort « son » tube de crème personnel et nous en passe sur nos mains bleuies par le froid.

Mon père reste silencieux. On n'entend plus que le rire de Brigitte.

Je décide d'ouvrir les yeux.

– C'est bon, papa, je peux marcher, je suis

toute comme il faut, là. Merci, Brigitte, pour la collation.

– De rien, Jeanne, mais il faut manger à la cantine. Et vous, monsieur, il ne faut pas oublier son goûter !

Comme mon père a trop la honte, je tente une diversion :

– Vous avez parlé de quoi pendant que je dormais ?

– De Pierrette.

16

Nez à nez

On a marché quelques minutes avant de tourner à droite rue de Buzenval, pour déboucher rue des Vignoles. Et là, on s'est trouvés nez à nez avec Pierrette ! Enfin, plutôt le caddie de Pierrette qu'elle pousse d'un bon pas. Elle est bien obligée de s'arrêter, vu que notre trio occupe toute la largeur du trottoir. Brigitte pose une main sur le caddie.

– Comment allez-vous, Pierrette ? Vous me reconnaissez, je travaille dans l'association... ?

Pierrette lève un œil puis l'autre, elle marmonne quelque chose entre ses lèvres, elle est échevelée, elle porte toujours ses mêmes vêtements d'homme. Je baisse les yeux et remarque qu'elle a gardé les chaussettes de laine de mon père, ce qui fait que l'on ne voit plus ses orteils.

– Pierrette, voulez-vous quelques cacahuètes ? Désolée, je n'ai que ça aujourd'hui.

– C'est pas l'heure de l'apéritif, si ?

Elle a dit ça sans méchanceté. Juste sèchement, mais Brigitte, qui n'est pas du genre à se laisser impressionner, persévère :

– Est-ce qu'on peut faire trois pas avec vous ?

Pierrette dévisage mon père.

– Vous êtes le type des chaussettes ?

– Oui, c'est moi. Elles sont bien chaudes, hein ?

– Moui, enfin là, elles sont mouillées.

Moi, je ne sais pas quoi dire, j'ai les jambes un peu flageolantes, je voudrais qu'Aube soit là et ma mère aussi, et Samuel, même si je ne suis pas amoureuse de lui. Je me rends compte, en la voyant de si près et debout, qu'elle est plutôt grande. Et que les traits de son visage sont assez jolis, même cachés derrière la poussière et différentes traces sur son front et son cou.

Je tire mon père par la manche et je lui dis discrètement :

– On y va, papa... ?

Pierrette tourne la tête vers moi.

– Mais toi, je... T'es la mademoiselle qui m'a demandé comment je m'appelais, non ?

Elle est toute souriante maintenant et contourne son caddie, bouscule un peu mon père en se faufilant entre lui et sa carriole, et elle me tend la main comme si on était des hommes politiques – enfin, des femmes politiques.

– Vas-y, serre-moi la main, tu ne crains rien.

J'ai jeté un coup d'œil à Brigitte et à mon père qui m'ont signifié silencieusement que je pouvais. Je lâche la manche de mon père et lui tends ma main. Elle la serre doucement et pose son autre main sur le dos de la mienne.

– Je suis contente de te voir ! Figure-toi qu'avec ta pièce, l'autre soir, je me suis assise à la terrasse d'un café, un très joli café, avec des serveurs en livrée, un joli store rouge impérial, des chaises cannées crème et des tables rondes en marbre, et je me suis commandé un expresso. Eh ben, cet expresso, mademoiselle, ça a été la meilleure chose du monde que j'ai pu manger ou boire depuis bien longtemps, alors je te dis merci !

– C'était dans quel café ?

Elle me lâche la main et regarde ostensiblement autour d'elle en exagérant son air perplexe et finit par dire :

– Là-bas, vers le sud.

Tout à coup, j'ai une idée. Je prends mon courage à deux mains.

– Pierrette, vous m'avez dit que si j'avais besoin de quelque chose il suffisait que je vous le demande, c'est bien ça ?

– *Exactly, my dear.*

– Alors je vous demande de nous accompagner, ça vous va ?

– Comment me dérober… ?

– Je ne sais pas ce que ça veut dire, « dérober », mais je pense que je dois vous dire que non, vous ne pouvez pas.

Brigitte me fait un clin d'œil et donne une petite tape sur les fesses de mon père qui sursaute et la regarde en écarquillant les yeux. Brigitte dit, rougissante :

– Excusez-moi, l'habitude, je vous ai pris pour un enfant…

Pierrette et moi, nous nous sommes souri pour la première fois ; j'ai pris la tête de la cordée.

17

On arrive quand ?

Nous n'avançons pas très vite, la rue est un peu en montée. Pierrette pousse son caddie, je marche à côté d'elle.

– Tu sais que ce caddie me sauve la vie ? Je suis trop vieille, et je ne pourrais jamais porter toutes mes affaires sur mon dos… Ah, mon brave caddie.

– Tu as quel âge ?

– 59 ans, je crois.

– Tu n'es pas sûre ?

– Non… enfin, à un ou deux ans près. Et toi ? Tu as quel âge ? Attends, ne me dis rien, laisse-moi deviner…

Elle me regarde en faisant comme des

grimaces, elle fronce tout son visage, un peu comme s'il était en latex.

– À vue de nez, dans les 10 ans.

– 9.

– Tu vois, à un an près.

On a avancé un peu vers le square qui donne sur la petite placette en bas de chez moi.

– Je connais bien ici, tu sais, mademoiselle. Parfois, je me laisse enfermer dans les jardins au printemps et je dors sur l'herbe, mais pas en ce moment.

– Pourquoi tu n'as pas de maison ?

– C'est une longue, longue histoire, mais disons en résumé que très jeune j'ai eu du mal avec l'autorité…

– Comme par exemple avec ta maîtresse d'école de quand tu avais mon âge ?

– Oui, enfin, un peu plus tard, tu vois, en troisième, et j'ai arrêté.

– Et tes parents n'ont rien dit ?

– Mes parents adoptifs ? Non, ils étaient

si contents que pour fêter ça ils m'ont demandé de partir.

– Et ?

– Alors je suis partie.

– Et après ?

– Je marche depuis ce jour-là, je visite le monde en poussant mon caddie.

– Et ça te plaît ?

– Parfois, oui. Souvent, non.

– Et pourquoi tu ne t'arrêtes jamais de marcher ?

– Parce que si je m'arrête je pleure, et je risque de pleurer tellement que ça va faire une mare à mes pieds, et l'eau va monter, monter et, comme je ne sais pas nager, je vais me noyer.

– Si tu veux, je demande à la dame de la piscine où on va avec l'école si elle peut t'apprendre à nager ?

– C'est gentil, mais je n'ai pas de maillot. Tu m'emmènes où, au fait ?

– Chez moi. Je voudrais te présenter à ma mère.

18
Le dîner

Pendant que Pierrette, mon père et moi montons à la maison, Brigitte fume une cigarette en bas dans la cour tout en téléphonant et en gardant le caddie. Nous sortons de l'ascenseur et ma mère est déjà sur le seuil de chez moi, la porte grande ouverte

– Tu sais, j'aurais préféré que vous me préveniez un peu avant, ton père et toi… Pas à la dernière minute.

– Pourquoi, maman ?

– Pour rien.

Pierrette est sur le palier, très gauche et embarrassée.

– Bonjour, madame, je ne voulais pas, bien sûr, mais la petite a insisté, alors…

– Maman, je voulais juste montrer ma chambre…

– Bien sûr, entrez, je vous en prie.

J'entraîne Pierrette dans ma chambre et je ferme la porte.

Derrière la porte, j'entends mes parents parler à voix basse ; ma mère dit à mon père :

– Je ne suis pas sûre que c'était une bonne idée, mais bon, tu vois, je lui ai dit de monter à la maison.

J'espère que Pierrette n'a pas entendu.

Elle remarque les rollers sur les pieds de mon lit.

– C'est ingénieux…

Elle se tourne et regarde par la fenêtre.

– C'est de là que tu m'observes ?

– Oui.

Je ne me sens pas bien, un peu gênée, comme si tout ça, cette envie d'enquête et tout était une mauvaise chose. J'ai les larmes aux yeux, je me sens dépassée par les événements et Pierrette le voit bien.

– De toute façon, je ne vais pas rester longtemps.

Je ravale mes larmes et je dis :

– Mais pourquoi ?

– Pour rien, mademoiselle, mais tu sais, parfois les choses ne sont pas ce qu'elles ont l'air d'être. Ma vie n'est pas douillette, ni confortable, mais c'est la mienne.

– Ah…

– Je voudrais te dire que ton enquête a permis une chose très précieuse dans la vie : elle a permis qu'une rencontre ait lieu, entre des personnes qui ne se seraient jamais croisées sinon. Toi et moi, on est là maintenant et on se connaît.

Pierrette regarde ma chambre, en détail, elle scrute toutes mes peluches et tous mes doudous, mon bureau, les cartes postales que je punaise sur mes murs : il y a celle de Rome que j'adore avec le Colisée, celle de Copenhague

COLIDIAN

CORIDIAN
CORIDIAN
CORIDIAN
CORIDIAN
CORIDIAN
CORIDIAN
CORIDIAN
CORIDIAN
CORIDIAN
CORIDIAN
CORIDIAN
CORIDIAN
CORIDIAN
CORIDIAN

avec les maisons colorées, celle du Mont-Saint-Michel. Elle les regarde comme si elle visitait un musée. Elle passe sa main sur ma couverture qui me sert de dessus-de-lit, elle admire silencieusement mon cartable, elle découvre ma guirlande lumineuse. Elle a l'air tranquille et inquiète en même temps.

Elle ferme les yeux un instant, son visage est paisible, ses vêtements toujours aussi sales, et, je dois bien l'admettre, elle ne sent pas très bon. Mais elle ne me fait plus du tout peur maintenant. Elle est là, dans ma chambre, elle ne hurle pas, et même ses rides sont moins visibles.

Elle s'approche de la fenêtre et écarte le rideau pour regarder dehors. Elle me fait sursauter en disant soudainement :

– Je ne vois plus mon caddie ! Je descends et je reviens.

Elle m'embrasse comme du bon pain, et elle sort de ma chambre ; je l'entends dire avant de claquer la porte :

– Je reviens !

Puis plus rien. Je me poste à la fenêtre en mettant les mains autour de mes yeux et en me collant à la vitre.

J'attends longtemps. Je ne vois jamais Pierrette sortir de l'immeuble, je ne vois pas son caddie et elle ne remonte jamais. Brigitte, elle, oui, elle reste un peu dans la cuisine après avoir essayé de me tranquilliser.

Je ne dîne pas ce soir, je reste jusqu'à tard à la fenêtre, espérant qu'elle reviendra me faire un signe, me dire au revoir, quoi.

Plus tard, juste avant de m'endormir, je fais un câlin avec mes parents dans mon lit. On est tous en pyjama et je pleure. Sans trop savoir pourquoi mais je pleure.

19
La lettre

C'est mon père qui me réveille en m'apportant une feuille de papier pliée en quatre. Il l'a trouvée glissée sous notre porte d'entrée en se levant. Il me la tend sans un mot et sort de ma chambre.

C'est une lettre. Je remarque tout de suite qu'elle est signée Pierrette Lorrain. Je reste allongée et la lis :

Chère Jeanne, chère mademoiselle,

Tu ne dois pas comprendre très bien les raisons de mon départ. Et c'est normal. Tu parleras avec tes parents, avec Brigitte et avec tes amis, et les amis de tes amis, et un jour tu comprendras ; enfin, tu accepteras plutôt. Je l'espère. Je suis repartie marcher, parce que, comme tu le sais, marcher, c'est ma vie. Mais, surtout, si j'étais restée, je me serais attachée à toi et ça, ce n'est pas possible. Ce n'est pas du tout possible de s'attacher à quelqu'un quand on est une clocharde. Si on s'attache, on est cuit. Alors voilà, je t'ai écrit cette courte lettre pour te dire ça. Pour te dire aussi que tu dois continuer toute ta vie à demander aux gens que tu croises dans la rue comment ils s'appellent. Et leur demander s'ils vont bien, s'ils ont besoin de quelque chose… C'est comme une formule magique que tu as trouvée. N'oublie jamais ça. Et travaille bien à l'école, comme dirait ton père ! Je ne t'oublierai jamais. Je te souhaite une vie heureuse et joyeuse.

Ta clocharde,

Pierrette Lorrain

Ce matin-là, je décide que, plus tard, je deviendrai médecin.

Pour aider tous ceux que je croiserai qui en auraient besoin.

Je me lève, souriante, je remets le lit à sa place d'avant, puis je retire les rollers des pieds et je les chausse pour aller prendre mon petit-déjeuner en quatrième vitesse.

Du même auteur à *l'école des loisirs*

Collection Neuf

Mon royaume est un cheval (collectif)
Abel et la bête
Mon père, l'étoile et moi
Je veux rester fils unique
Entre hommes
Mon chat sauvage
Le fantôme de mon grand-père